Os anões

Veronica Stigger

Os anões

Rio de Janeiro, 2024

Os Anões

Copyright © 2024 Faria e Silva.
Faria e Silva é uma empresa do Grupo Editorial Alta Books (STARLIN ALTA EDITORA E CONSULTORIA LTDA).
Copyright © **2024** by Veronica Stigger.
ISBN: 978-65-6025-000-0

Impresso no Brasil – 1ª Edição, 2024 – Edição revisada conforme o Acordo Ortográfico da Língua Portuguesa de 2009.

Dados Internacionais de Catalogação na Publicação (CIP) de acordo com ISBD

S855a   Stigger, Veronica

Os Anões / Veronica Stigger. - Rio de Janeiro : Alta Books, 2024.
72 p. ; 12cm x 16cm.

ISBN: 978-65-6025-000-0

1. Literatura brasileira. I. Título.

CDD 869.8992
2024-126   CDU 821.134.3(81)

Elaborado por Vagner Rodolfo da Silva - CRB-8/9410

Índice para catálogo sistemático:
1. Literatura brasileira 869.8992
2. Literatura brasileira 821.134.3(81)

Todos os direitos estão reservados e protegidos por Lei. Nenhuma parte deste livro, sem autorização prévia por escrito da editora, poderá ser reproduzida ou transmitida.

A violação dos Direitos Autorais é crime estabelecido na Lei n° 9.610/98 e com punição de acordo com o artigo 184 do Código Penal.

O conteúdo desta obra foi formulado exclusivamente pelo(s) autor(es).

Marcas Registradas: Todos os termos mencionados e reconhecidos como Marca Registrada e/ou Comercial são de responsabilidade de seus proprietários. A editora informa não estar associada a nenhum produto e/ou fornecedor apresentado no livro.

Material de apoio e erratas: Se parte integrante da obra e/ou por real necessidade, no site da editora o leitor encontrará os materiais de apoio (download), errata e/ou quaisquer outros conteúdos aplicáveis à obra. Acesse o site www.altabooks.com.br e procure pelo título do livro desejado para ter acesso ao conteúdo.

Suporte Técnico: A obra é comercializada na forma em que está, sem direito a suporte técnico ou orientação pessoal/exclusiva ao leitor.

A editora não se responsabiliza pela manutenção, atualização e idioma dos sites, programas, materiais complementares ou similares referidos pelos autores nesta obra.

Faria e Silva é uma Editora do Grupo Editorial Alta Books

Produção Editorial: Grupo Editorial Alta Books
Diretor Editorial: Anderson Vieira
Editor da Obra: Rodrigo Faria e Silva
Vendas Governamentais: Cristiane Mutús
Gerência Comercial: Claudio Lima
Gerência Marketing: Andréa Guatiello

Produtora Editorial: Milena Soares
Revisão: Rafael de Oliveira
Diagramação: Rita Motta
Capa: Beatriz Frohe
Projeto Gráfico: Marcelli Ferreira

Rua Viúva Cláudio, 291 – Bairro Industrial do Jacaré
CEP: 20.970-031 – Rio de Janeiro (RJ)
Tels.: (21) 3278-8069 / 3278-8419
www.altabooks.com.br — altabooks@altabooks.com.br
Ouvidoria: ouvidoria@altabooks.com.br

Editora afiliada à:

É um continho bobo, anão, contente da vida. Vai no meu bolso. Não o leio para ninguém.

Carlos Drummond de Andrade
Contos plausíveis

Sumário

pré-histórias

- Caça — 56
- Caverna — 38
- Colheita — 58
- Des cannibales — 51
- Friburgo — 60
- Passo Fundo — 26
- Teste — 17

histórias

- Ceia — 28
- Curta-metragem — 19
- Curta-metragem II — 62
- 200 m² — 22
- Os anões — 10
- Tatuagem — 34
- Teleférico — 43

histórias da arte

- (Flávio de Carvalho) 32
- Imagem verdadeira 70
- (João Cabral) 47
- L'après-midi de V. S. 24
- (Maria Martins) 49
- Poeta Drummond Flat Service 36
- "Quand avez-vous le plus souffert?" 67

Os anões

Ele tinha a altura de um pigmeu, e ela batia na cintura dele. Os dois eram tão pequenos que mal alcançavam o alto da bancada dos doces. Ela dava saltinhos para tentar ver o que a confeitaria tinha de bom. Ele, mais circunspecto, espichava o pescoço, apontava o nariz para cima e aspirava fundo — como se pudesse, pelo olfato, identificar as guloseimas que o olhar não divisava. Os dois até que faziam um conjunto bonitinho. Não eram deformados, nem tinham aquele aspecto doentio característico de alguns anões. Pareciam tão somente ter sido projetados em escala reduzida. Poderíamos sentir compaixão ou mesmo simpatia por eles, se não fossem tão evidentes suas graves falhas de caráter.

Não era a primeira vez que os víamos, e — pior — não era a primeira vez que os víamos tentando furar a fila. O casal se aproveitava da baixa estatura para, sem-vergonhamente, passar na frente das outras pessoas que esperavam por atendimento. Foi assim, outro dia, na farmácia. Os dois entraram no estabelecimento e foram direto para a boca do balcão, ignorando todos os que aguardavam pacientemente. Só não brigamos com eles porque não foi preciso. O balconista, desatento como sempre, não os percebeu e – benfeito! – nos atendeu primeiro.

Contudo, naquele outro dia, na confeitaria, a balconista não só os viu, mas, solícita como de costume, ofereceu um banquinho para que eles pudessem subir e enxergar os doces por cima da bancada. E não é que os petulantes aceitaram a gentileza dela e ainda tiveram o desplante de ficar indagando de que era feito cada um dos infindáveis docinhos? Nós, que até então aguentávamos quietos o comportamento acintoso daqueles dois, começamos a reclamar. Vai demorar muito?, gritei do final da fila. Nós não temos o dia todo para ficar esperando, meu marido acrescentou. E eles nem pestanejavam. Continuavam em cima do banquinho a perguntar sobre os doces e a pedir provinhas. Não deu um minuto e a senhora que estava na nossa frente berrou também: é pra hoje?

Seu Aristides, que levava a neta pequena pela mão e se achava logo depois dos anões, ajuntou: escolham logo, seus imbecis! A mulher de cerca de trinta anos, que estava atrás de nós, arrematou: é, andem logo, seus moloides! Mas o casal, nem-te-ligo. Ele se lambuzava de provinhas de doces, e ela ainda limpava a meleca açucarada que se depositara nos cantos de sua boca minúscula com um guardanapo xadrez todo dobradinho.

A senhora à nossa frente comentou comigo que cruzara com o casalzinho outro dia no supermercado. Eles estavam com mais de vinte produtos nas mãos, e nas mãos mesmo, me disse ela, porque eles não usavam carrinho ou cesto. Acho que eles não alcançam nos carrinhos, e os cestos arrastariam no chão, supôs, pensativa, quase condescendente. Mas, exclamou em seguida, queriam passar pelo caixa para até dez itens! A moça do caixa ficou meio sem jeito de dizer para os dois que eles não podiam estar ali e começou a registrar os produtos, continuou a senhora, mas uma mulher grávida que estava na fila se enfureceu e chamou o gerente. E eles ficaram bem assim, sem falar nada, fez ela apontando para os dois com a cabeça. Eles são bem estranhos, né?

E lá estavam eles, mudos novamente. Seu Aristides, impaciente, elevou a voz: andem logo, seus merdas! É, acrescentou a senhora, vamos logo! E eu emendei: vocês deviam respeitar os mais velhos, pelo menos! Foi aí que a pequeninha se virou e me olhou. A boca minúscula ainda estava suja de doce. Ela piscou, passeou a língua pelos lábios e continuou a me olhar por cima do ombro, como se, até então, não tivesse percebido que estávamos todos ali, esperando. Que foi?, perguntei a ela. Tá olhando o quê? E ela só piscava, impávida. Qual é a tua?, continuei, indo até ela. É, qual é a tua?, repetiu seu Aristides. Nisso, cheguei bem junto da biscazinha e a puxei com força pelo braço. Sua idiota!, disse. Ela estava em cima do banquinho. Com a minha puxada, desequilibrou-se e caiu no chão, de cabeça. Meu marido, que vinha logo atrás de mim, deu um empurrão no homenzinho, que parecia querer socorrer a esposa. Ele também se desequilibrou e caiu do banquinho. Ao se levantar, fez menção de revidar, e meu marido acertou-lhe um joelhaço no meio do rosto. O narizinho começou a sangrar. Seu Aristides veio correndo e deu outro joelhaço no rosto daquele tipinho, enquanto a neta de seu Aristides chutava-lhe a canela. O sujeitinho caiu no chão de novo, ao lado da mulher. A senhora que estava na fila passou a dar bengaladas nas cabeças e nas costas do casalzinho. Eu chutava, com muita vontade, a barriga da mulherzinha caída. Minha perna doía, mas eu continuava a chutar, sempre no mesmo ponto. A mulher de cerca de trinta anos se ajoelhou ao lado do casalzinho, pegou o homenzinho pelo pescoço e começou a bater com a cabeça dele no chão, várias vezes, até abrir uma fenda na parte de trás. Uma gosma espessa verde-amarronzada saía de dentro de sua cabeça e melava o chão. Nesse meio-tempo, a senhora que estava na fila se concentrou apenas na mulherzinha: ela levantava a bengala e a baixava com força naquele rosto ensanguentado. Meu marido pulava em cima das pernas do homenzinho, enquanto seu Aristides chutava seu tronco. E a neta de seu Aristides, imitando meu marido, pulava sobre a barriga da mulherzinha.

A balconista, que até então estava quieta — acho que em respeito a nós, que éramos clientes assíduos da confeitaria —, interveio. Gente, disse ela, dá para parar com isso que a dona Sílvia vem chegando, estou vendo ela dobrar a esquina. Eu já estava cansada mesmo e parei de chutar o que já se tornara uma massa quase informe, vermelha. Arfando, fui lentamente me dirigindo à saída. Ao me ver sair meio cambaleante, meu marido parou de pular e veio atrás de mim. A mulher de cerca de trinta anos, com a respiração também alterada pelo esforço, se sentou encostada à parede e pôs na testa as duas mãos com as quais batera com a cabeça do sujeitinho contra o chão. Ele estava transformado numa espécie de pasta de carne e sangue, com pequenos fragmentos de ossos desarranjando a uniformidade da mistura. A aparência de sua mulherzinha não era muito diversa. A senhora ainda deu uma última bengalada no que tinha sido um rosto, ajeitou o vestido, se apoiou na bengala e saiu. Seu Aristides, exausto de tanto chutar o homenzinho, parou e fez sua neta também parar. Vamos, querida, deixa isso aí e vamos embora, disse ele para a neta, enquanto a pegava pela mão. Já do outro lado da calçada, olhei para trás para cumprimentar dona Sílvia, que entrava na confeitaria, e vi a balconista, com um grande rodo, empurrando para um canto toda aquela sujeira.

Teste

— Que tal fazer, então, o mesmo teste
com mulheres gordinhas,
de cabelos crespos?

Curta-metragem

Cena 1

Ela está na sala, sentada no sofá vermelho, de óculos e pijama azul-céu, vendo televisão. Ele, na sacada da sala, de pijama xadrez vermelho, observa o movimento noturno da rua. A câmera passeia de um para o outro até que para nele, em plano geral, como se o visse a partir do sofá da sala. Ele, então, coloca a perna direita sobre a murada da sacada, projeta o corpo para a frente e diz a ela, sorrindo.

ELE

Olha só.

A câmera muda de direção. Agora, mostra ela, como se a olhasse da sacada, também em plano geral. Ela tira os olhos da televisão, olha para a sacada e fala para ele.

ELA

Você podia, pelo menos, trocar essa calça.

Ela volta a assistir à televisão. A câmera retorna a ele e se aproxima até focá-lo em plano americano. Ele se joga da sacada.

Cena 2

Ela suspira, pega o controle remoto que está na mesa de centro, desliga a tevê, se levanta do sofá vermelho e vai até a sacada. A câmera registra seus movimentos, acompanhando-a, sempre a seu lado, aonde quer que ela vá. Na sacada, ela olha para baixo.

A câmera fecha em seu rosto.

ELA

Não acredito.

Ela se inclina ainda mais para a frente. Seus óculos caem.

ELA

Não acredito!

Cena 3

A câmera, que permanecerá estática durante toda essa cena, mostra, de cima, o corpo dele estendido de bruços na calçada, como se o visse a partir da sacada. Os óculos dela estão pousados em suas costas. Ele está com os braços abertos, a cabeça virada para a esquerda, a perna direita quase esticada e a esquerda completamente torta. Um filete de sangue corre ao seu lado. A câmera fica parada por mais três minutos, num silêncio quase total, quebrado apenas pela respiração dela. De repente, a imagem se turva, como se algo passasse em frente à câmera e não estivesse longe o suficiente para entrar em foco. Quando se recupera a nitidez da imagem, vê-se o corpo dela caindo sobre o dele. Depois de alguns poucos segundos, a imagem dela sobre ele vai gradativamente escurecendo, das bordas para o centro, como nos filmes antigos.

Entram os créditos.

200 m²

Verônica estava trifeliz (sim, ela era gaúcha) com seu apartamento novo no Centro. O amigo Donizete, mineiro, organizou um chá de panela para celebrar a compra. Verônica e Eduardo (seu marido, também gaúcho) prepararam pães, patês, bolos e sangria para a noitada de sábado. O apartamento ficou cheio de gente. Todos estavam encantados com a amplitude das peças. No meio da festa, Verônica foi até a cristaleira, pegou a pistola que herdara do avô, colocou-a na boca e disparou. Seus miolos foram parar na parede azul. Então, como combinado, Eduardo leu um conto que ela deixou – e que, como sempre, ninguém compreendeu.

L'après-midi de V. S.

Achei que as igrejas daqui eram mudas
Sabia mas não sei mais qual é o sexo de Wega Nery
Só eu não senti o terremoto

Passo Fundo

Bia, meu casamento acabou.
Estou indo para Passo Fundo hoje.
A mala dos vinhos está com o Tito.
Ele pegou um táxi para levar.
Não se preocupe.
Beijos. Pati.

Ceia

*Chico, i' vorrei che tu e Franco ed io
fossimo presi per incantamento*

Como de costume, estavam os três — e mais a Ana Banana — sentados numa das mesas da calçada. Chico, com os dois cotovelos apoiados sobre a toalha de linho vermelha, estudava atentamente o cardápio de capa de couro com letras douradas. A seu lado, o Gordo Celso cheirava as florzinhas amarelas que enfeitavam o canteiro que circundava as mesas da calçada, separando o restaurante do resto do mundo. Na frente do Gordo Celso, Freak Franco enfiava um palito dentro de seu imenso nariz aquilino. Olha só, ele entra inteiro, dizia para os outros. A seu lado, Ana Banana fazia cara de nojo. Empertigada na cadeira, ela se policiava para não encostar mais do que os punhos na toalha vermelha de linho. Tira esse troço daí, antes que você o aspire e ele vá parar no seu cérebro, avisou Chico por detrás do cardápio. Freak Franco tirou o palito do nariz e começou a empilhar os copos. Ah, se eu ganhasse na loteria, suspirou Gordo Celso ainda entretido com as florzinhas amarelas, eu pegava vocês, enchia o carro de mulheres e passava o ano viajando pelo país. Ia ser bem bom, disse Chico, apoiando o cardápio na mesa e sorrindo para os amigos. Bem bom, bem bom, ecoou Freak Franco, um sonho. Ana Banana não reagiu. O garçom se aproximou da mesa de bloquinho na mão. Eu não vou querer entrada, disse, enfático, Gordo Celso, a entrada aqui é muito cara. Mas você vai ganhar na loteria, brincou Freak Franco. Gordo Celso mostrou-lhe a língua. Sugiro que peçamos penne all'arrabbiata, disse Chico. Ana Banana assentiu com a cabeça, sorrindo. Que tal, um penne e um fagottini?, indagou Gordo Celso, eu prefiro massa recheada, é mais substanciosa. Por mim, tudo bem, falou Chico. Por mim também, concordou Freak Franco. Ana Banana assentiu novamente com a cabeça. Enquanto Chico se dirigia ao garçom, Gordo Celso pegou uma das florzinhas amarelas e a colocou sobre a orelha. Freak Franco se levantou da cadeira e acertou um soco bem dado no meio do rosto do Gordo Celso. Gordo Celso, com o nariz sangrando, se ergueu e deu um murro na orelha esquerda de Freak Franco. Este abraçou a orelha machucada com as duas mãos e começou a chorar. Ana Banana se pôs de pé, agarrando com força sua bolsa contra o peito. Freak Franco, entre lágrimas, olhou feio para Gordo Celso e, antes que pudesse fazer qualquer coisa, Chico interveio, dando um tapa na cara de cada um. Sentem-se todos, ordenou. É melhor parar com a palhaçada que o garçom está esperando os nossos pedidos.

(Flávio de Carvalho)

New Kolor
(Utilicity 13,90);
Lâmina de aço inox
Cabos de polipropileno
Resistentes à máquina
de lavar

Tatuagem

José tinha um verso do poeta morto tatuado na barriga, logo abaixo do umbigo. Um dia, a família viva do poeta morto viu José refestelado na areia da praia, com o tal verso bem à vista, logo acima da sunga amarela. Horrorizada com o acinte, a família o processou. Era um inequívoco oferecimento da obra ao conhecimento público – e num local de frequência coletiva. A família ganhou a causa e a tatuagem, que hoje está emoldurada na grande sala de estar, logo acima do sofá vermelho.

Para Tarso e Kleber, de quem roubei a ideia

Poeta Drummond Flat Service

Consolação
~~3101~~
3110

Caverna

Os dois namorados foram os primeiros a chegar. entraram de mãos dadas e se sentaram exatamente no centro da sala. o homem cego apareceu em seguida. ele vestia uma saia comprida de listras vermelhas e azuis, que fazia um belo conjunto com seu longo cabelo ruivo. seu bastão branco o conduziu até a segunda fileira, onde ele se acomodou na terceira poltrona da esquerda para a direita. passaram-se alguns minutos até que uma mulher alta, magra, loira, de seus quarenta anos, ingressou, de supetão, na sala. sua entrada foi tão repentina que ela perdeu o equilíbrio e quase tombou no chão. ela se apoiou na parede ao lado da porta e piscou. piscou, piscou, piscou, até que seus olhos se acostumaram com a escassez de luz do ambiente. seguiu, então, em direção ao casal de namorados e tomou assento bem ao lado do rapaz.

este a olhou, sacudiu a cabeça, olhou-a novamente e nada: a mulher não lhe prestava atenção, procurava alguma coisa dentro de sua enorme bolsa amarela. o rapaz bateu forte com o punho no próprio joelho, blasfemou alto e puxou bruscamente a namorada pela mão, fazendo-a ficar de pé. foram se sentar três fileiras acima, uma antes da última, bem no meio dela. a mulher, que finalmente encontrara seu batom roxo, olhou-os de esguelha e deu de ombros. levantou-se e desceu até a primeira fileira, indo parar na poltrona logo à frente da do homem cego. no caminho, cruzou com meia dúzia de pessoas que, aos pares, se dispersavam pelas nove fileiras. nisso, um senhor vestindo um terno cinza de modelo antigo, trazendo na mão direita uma pasta de couro envelhecida, entrou na sala e foi direto para a penúltima poltrona da primeira fileira, no lado oposto ao da mulher. esta, ao ver o senhor, pegou a bolsa, levantou-se e foi se sentar ao seu lado. o senhor tirou um pacote de balas de goma de dentro de sua pasta de couro envelhecida e as ofereceu à mulher. ela aceitou uma verde com um sorriso de dentes arroxeados pelo batom e um aceno afirmativo de cabeça. apareceram, por fim, quase ao mesmo tempo, dois outros homens. um deles não tinha parte do braço esquerdo. a manga de seu blazer xadrez puído demarcava o pouco de braço que possuía com um grande nó em seu centro. ele era mediano: nem alto, nem baixo, nem gordo, nem magro. usava, além do blazer, uma calça com as barras rasgadas e grandes óculos de aro de tartaruga. o outro, moreno e esguio, de calça jeans e camiseta estampada, ficou um tempo parado na porta de ingresso, olhando, pensativo, para a sala. o mediano, por sua vez, sorriu feliz quando viu, vago, o antigo lugar do casal de namorados e correu para pegá-lo antes que o moreno esguio o fizesse. chegando lá, espanou a poltrona com a única mão de que dispunha, assoprou cuidadosamente o pó e sentou-se. o moreno esguio ainda estava parado na porta, obstruindo a pouca claridade que iluminava a sala. o homem cego se ergueu e andou até a fileira anterior àquela em que estava o mediano. escolheu ficar a duas poltronas antes do centro. o moreno esguio dirigia-se para as últimas fileiras quando divisou o casal. deu, então, meia-volta e foi se instalar na fileira posterior à central, na antepenúltima poltrona. o mediano se levantou, alisou

a roupa e desceu até a primeira fileira, acomodando-
-se no centro dela. o senhor e a mulher, por sua vez,
saíram de seus lugares e rumaram para o centro da
sala, onde já haviam estado o casal de namorados e
o mediano. o moreno esguio deixou sua poltrona e
foi parar ao lado do homem cego. este ia-se pôr em
pé novamente quando a sala escureceu de vez e um
solitário facho de luz revelou o branco sujo da parede
à frente de todos.

Teleférico

Eles eram atores coadjuvantes. Cento e cinquenta ao todo. Os melhores do país. Por isso foram convidados para participar da comemoração de final de ano. Chegaram à bilheteria do teleférico por volta das dez horas da manhã num sem-número de carros de uma emissora de televisão local. Setenta e cinco deles estavam vestidos de abrigo esportivo vermelho, os outros setenta e cinco, de azul. A equipe de produção obrigou-os a formar duas filas coloridas. Enquanto esperavam o início do evento, alongavam as pernas e pulavam no mesmo lugar, como fazem os jogadores de futebol antes de começar a partida. A um sinal do diretor, o grupo vermelho entrou no primeiro bondinho transparente do teleférico e subiu. O grupo azul pegou o bondinho transparente seguinte e subiu também. Quando o grupo vermelho se dirigia rumo ao segundo morro (eram dois no percurso completo), o azul apenas se avizinhava do primeiro. No pé do primeiro morro, achavam-se inúmeras câmeras, todas voltadas para cima, em diagonal. No alto do primeiro e do segundo morros, várias outras câmeras aguardavam os bondinhos. Quando o grupo vermelho, depois de chegar ao ponto mais alto do passeio, se preparou para descer, todas as câmeras foram acionadas. Enquanto o bondinho do grupo vermelho descia o segundo morro, o bondinho do grupo azul subia por este mesmo trecho. Todos na cidade sempre paravam para ver o momento em que os dois bondinhos transparentes se cruzavam contra o céu. Naquele dia, quando os bondinhos se aproximavam deste instante tão esperado, todos os cento e cinquenta atores coadjuvantes abriram as pernas, dobraram levemente os joelhos, depuseram as mãos na cintura e começaram a se balançar para os lados. Balançaram tanto que os bondinhos transparentes passaram a oscilar no mesmo ritmo. Pareciam dois imensos sinos badalando. O movimento era tão intenso que os cabos – fortes, de aço – começaram a balançar também. No momento exato em que a frente do bondinho que subia ficou ao lado da frente do bondinho que descia, a oscilação era tão forte, mas tão forte, que acabaram batendo um no outro. Alguns pedaços de duralumínio e acrílico caíram lá do alto. Três atores do grupo vermelho caíram também, pelos buracos abertos na frente do bondinho que ocupavam. O segundo impacto foi mais violento. As laterais dos bondinhos se romperam com a colisão, e outros atores se precipitaram aos montes, como chuva grossa. Vermelhos e azuis se misturavam na queda. Quando o evento passou à noite na televisão, deu para ver que um dos atores do grupo azul resistia ao despencamento, agarrando-se com uma única mão ao que restara do bondinho. Mas, com o terceiro e último choque, ele se desprendeu. As duas carcaças – vazias, esqueléticas, fraturadas – alcançaram seus destinos. A multidão que se aglomerava ao pé do primeiro morro vibrou, entusiasmada, com o sucesso do desfecho.

(João Cabral)

FLAMENGO R$ 410 000. Raridade! Palácio, praia, metrô. Edifício luxuoso. Reformadíssimo, 4 qts silencioso, indevassável vista verde. Transversal nobríssima. Documentação perfeita!

(Maria Martins)

FLAMENGO R$ 340 000. Clarice
Índio Brasil vista Cristo prédio
estilo glamour fina reforma (p/
pessoas exigentes) salão 3 qts
armários dep. reversível frente
sol manhã entrar morar! Avaliação
grátis. T. outros com direito a laje.

Des cannibales

*(Ready-made modificado,
a partir de Sally Price)*

Nesta sala, só têm objetos utilizados em homicídios. Estas pessoas mataram todos aqueles que cruzaram seu território. Está vendo esta foto?

— Sim.

— Você sabe quem é este, não sabe? É aquele que foi devorado por canibais. Está vendo o rapaz perto dele?

— Sim. Estou vendo.

— Ele é canibal. Você tem um pouco de noção de linguagem corporal, não tem? Então, você pode imaginar o que está passando pela cabeça dele. Olha essa língua protuberante! Olha esses lábios brilhantes! Ele está salivando pelo rapaz! O rapaz é, para ele, um banquete! E o pobre expedicionário só tinha vinte e um anos!

— E daí?

— Como "e daí"? Carne nova é sempre mais macia, mais saborosa. Nós perdemos um monte de missionários assim. Eles só queriam mudar os hábitos dessa gente, fazer com que eles parassem de adorar ídolos. Mas, no fim, todos os missionários eram mortos e comidos. Está vendo estes postes?

— Sim.

— São postes totêmicos. Depois de matar nossos missionários, eles comiam seus corpos e penduravam suas cabeças nesses postes totêmicos. Passado algum tempo, eles jogavam as cabeças fora porque não valiam mais nada.

— Sério?

— Não existia morte natural entre eles; todos terminavam sendo assassinados, mutilados, comidos e pendurados nos postes. Está vendo estas roupas?

— Sim. Muito bonitas. Que rico tecido!

— Toda vez que alguém era assassinado, as pessoas vestiam estas roupas e, de madrugada, se esgueiravam até as casas dos parentes do defunto. Chegando lá, eles ficavam nas janelas, estáticos, olhando para dentro, fingindo ser o espírito da pessoa morta.

— É mesmo?

— Sim. E sabe o que mais?

— Não.

— Você nunca vai acreditar! Os parentes ficavam felizes com isso. Porque ver os outros vestidos desse jeito, do lado de fora de suas janelas, significava que o espírito estava bem, que estava tranquilo!

— Eles acreditavam em vida depois da morte?

— Que nada! Eles não tinham religião! Tudo o que eles tinham era o vodu e era basicamente por isso que matavam todo mundo. Está vendo esta casa?

— Sim.

— As mulheres nunca podiam entrar nesta casa, nem olhar para aqueles objetos ali que estão dentro dela, está vendo?

— Sim.

— Se elas olhassem, também seriam assassinadas. Eles faziam um corte ao longo do braço de todos os meninos de doze anos e, se eles chorassem, não podiam se tornar homens. E, se eles não se tornassem homens, não podiam entrar nessa casa. E não era só isso, eles ainda cortavam o clitóris de todas as meninas — simplesmente cortavam tudo! Perdemos um monte de bons missionários lá. As pessoas não podem mesmo ir lá. Você já esteve na África?

— Mas eles não vivem na África...

— Mas você já esteve lá?

— Passei por lá rapidamente.

— Ah! Então foi por isso que você sobreviveu! Você deve ter ido só para os pontos turísticos. Senão você nunca teria voltado. Eles só deixam em paz quem fica restrito aos pontos turísticos. Na verdade, foi assim que conseguimos muitas destas coisas; eles as vendem para os turistas. Mas a gente não pode culpá-los. Isso é tudo o que há de valor entre eles: turismo. Sem isso, tudo o que eles têm na vida é vodu e assassinato.

Caça

Primeiro dia da temporada de caça. Dois caçadores já morreram por engano, e uma camponesa foi atingida nas nádegas por um disparo perdido. A bala foi retirada com sucesso e a camponesa passa bem.

Colheita

Primeiro dia da colheita de cogumelos. No hospital local, quinze pessoas já estão internadas com suspeita de envenenamento.

Friburgo

Um dado importante, Luciana,
é que quatro entre dez
mulheres brasileiras
usam lingerie de Friburgo

Curta-metragem II

Cena única

A imagem vai aparecendo gradualmente, do centro para as bordas, como em alguns desenhos animados antigos. Durante esse movimento, ouve-se um barulho seco, seguido de um profundo gemido de dor. Quando a imagem fica totalmente nítida, aparece um casal deitado no chão duro da calçada de pedrinhas portuguesas. É noite. Ambos estão de bruços e de pijamas. Ela está sobre ele. Ele, de braços abertos, a cabeça virada para a esquerda, a perna direita quase esticada e a esquerda completamente torta, esforça-se para respirar. Ela, de braços igualmente abertos, com a cabeça também virada para a esquerda, e com as pernas sobre as pernas dele, tenta se erguer, reiteradas vezes, procurando firmar os braços nas pedrinhas portuguesas e forçando o tronco para cima. Mas sem sucesso. Ele geme baixinho a cada uma das investidas dela. Ela desiste. Ao lado deles, uma poça de sangue vai paulatinamente se alargando. A câmera está posicionada de lado, mostrando-os de corpo inteiro - e assim permanecerá, até o final da cena.

ELE

Acho que você quebrou alguma coisa.

ELA

Desculpe. Não era minha intenção.

ELE

Acho que foram seus óculos. Eles estavam nas minhas costas.

Os anões

ELA

Sério? Eles custaram tão caro... As lentes eram israelenses. E, você sabe, minha miopia é muito alta. Qualquer lente ordinária sai uma fortuna.

Ela faz movimentos para olhar para baixo, para o seu peito, onde estariam os óculos, mas não consegue dobrar o pescoço. Tenta então colocar as mãos no chão. Quando, com muita dificuldade, suas mãos encostam nas pedrinhas portuguesas, ela geme. Como que por reflexo, ela retira suas mãos do chão e as depõe sobre as dele. Ele, por sua vez, emite um grunhido. Ela para de se mexer e encosta a cabeça em cima da dele. Ela suspira. Ele continua fazendo força para respirar.

ELA

Tudo o que eu mais queria era poder acordar e ver o mundo nitidamente…

Ela se cala novamente. Ele abre a boca e busca inspirar fundo. Franze a testa e fecha os olhos. Quer suspirar, mas não consegue. Geme, então. Ela olha para baixo, para ele, e lhe beija o pescoço.

ELA

(*Buscando virar o corpo para o lado*) Pode ficar tranquilo que eu vou tentar sair daqui.

ELE

(*Gemendo e franzindo ainda mais a testa*) Deixa disso.

Ela faz movimentos com o tronco para o lado, para tentar se erguer. Repete os movimentos algumas vezes.

Ele geme cada vez que ela se mexe.

ELA

(*Desistindo*) Se, pelo menos, eu estivesse sentindo as minhas pernas...

ELE

(*Quase sussurrando*) Eu não sinto as minhas desde que você chegou aqui.

ELA

Desculpa.

ELE

(*Quase num suspiro*) Deixa disso.

Eles se calam. Estão imóveis. Permanecem alguns segundos assim. Ele abre os olhos e os vira para o alto, tentando vê-la. Mas logo os fecha, como se estivessem pesados. Abre-os e busca novamente vê-la. Ela olha fixo para a frente. Ele fecha os olhos e a boca. Tenta respirar somente pelo nariz.

ELA

Você conhece o mito do fusca?

Pausa. Ele permanece calado e de olhos fechados. Ela continua olhando fixo para a frente.

ELA

O mito diz que um fusca aparece sempre acompanhado de outro. Se você vê um fusca, em menos de cinco minutos, não interessa onde você esteja, irá avistar outro.

Pausa.

ELA

  Eu acabei de ver um fusca. Era verde-musgo.

ELE

  (*Tentando abrir os olhos*) Será que virá outro?

ELA

  Sim. Claro. Ele sempre vem.

Pausa. Ela segue observando atentamente algo à sua frente. Ele abre e fecha os olhos. Sua respiração é quase imperceptível.

ELE

  E se ele não vier?

ELA

  Ele vem, sim. Ele sempre vem. Ele nunca deixa de vir.

Ele fecha os olhos. Ela continua a olhar fixamente para a frente. A câmera vai se aproximando lentamente de seus rostos. Conforme a câmera se aproxima, a imagem vai escurecendo, das bordas para o centro, até ficar completamente negra.

Entram os créditos.

« Quand avez-vous le plus souffert? »

Foi no parque. Naquele parque no centro da cidade. Era uma tarde ensolarada de outubro. Ela estava brincando de construir uma cabana. Dizia que ia montar uma casa para mim. Ela arrancava os galhos dos arbustos e os plantava na terra. Estava fazendo uma roda de galhos em torno de si. Eu estava sentada num dos bancos coloridos do parque. Olhava para ela, que se divertia com sua construção. Ela me olhou sorrindo, e eu sorri de volta. Ela me acenou, alegre, e eu acenei também. Meus olhos se encheram de lágrimas e meu nariz começou a escorrer. Tirei as linhas e as agulhas da minha bolsa e comecei a tricotar. Num dado momento, ela se aproximou e se sentou ao meu lado. Ela me pediu um pedaço de linha de lã. Dei-lhe um pedaço da linha dourada. Ela, então, virou-se para mim e me disse, enrolando o pedaço da linha em torno do meu pescoço: mãe, sabia que dá para fazer colares com isso? Ela repetiu o mesmo gesto, agora, colocando a linha em torno do seu próprio pescoço. Olha só, não fica bonito?, me perguntou ela. Ela se agachou entre as minhas pernas e ficou de costas para mim. Eu disse, sim, fica bonito, muito bonito. Eu estava segurando a linha com a ponta dos dedos. Comecei a apertá-la em torno do pescoço dela. Fui apertando, apertando, sempre com mais força. Ela pediu para eu parar, disse que a estava machucando. Eu tive vontade de aliviar a pressão, mas, ao mesmo tempo, não consegui suportar a ideia de que ela me criticasse por ter tido a intenção de machucá-la e continuei apertando durante um tempo que me pareceu uma eternidade. Ela tentou se desvencilhar do fio dourado que cortava sua pele escura. Mas não conseguiu. Eu continuei apertando até que ela parou de se mexer.

Imagem verdadeira

CERTIFICO, por me haver sido verbalmente pedido
pela parte interessada que, revendo neste cartório
o livro de registros de nascimentos   número
A-cento e noventa e sete-   (A-197), nele, às fo-
lhas cento e trinta e cinco * x:x:x:x:x(135   ),
encontrei o assentamento número cento e oitenta e
quatro mil quinhentos e setenta e um   (184.571
lavrado no dia   seis- x:x:x:x: (6) de   fevereiro
de mil novecentos e setenta e três- x:x:x(1973)
referente ao nascimento de:**VERÔNICA ANTONINE STIG=
GER**, ocorrido no dia vinte e dois (22) de janeiro
de mil novecentos e setenta e três (1973), nesta /
capital; de cor branca, sexo masculino, filha legí-
tima de Ivo Egon Stigger, natural do Estado de San-
ta Catarina, e dona Ida Antonine Stigger, natural
deste Estado; neta paterna de Rodolfo Stigger e /
Maria Amalia Stigger, e materna de Octacilio de -
Antonine e Helena Weyne Antonine.-Foi declarante
o pai, e serviram de testemunhas José Laumir da /

Este livro foi impresso nas oficinas gráficas da Editora Vozes Ltda.,
Rua Frei Luís, 100 – Petrópolis, RJ,